길, 묘연

조덕자 시집

작은 씨앗 하나가

세상은 내게 작은 씨앗 한 알로 내 삶의 시, 푸른 싹을 틔우게 한다. 나는 이 문단 한 줄을 써 놓고 고민에 빠졌다. 우리 집 겨울 마당에는 생명의 온기라곤 눈곱만큼도 보이질 않는데 나는 곧 푸른 기운들이 일어서서 초록의 숨을 틔우는 것처럼 느끼고 있으니 말이다. 내가 쓰는 단어가, 내가 쓰고 있는 문장 한 줄이 다른 사람들 가슴속으로 걸어 들어가기를 소망하는 것과 같은 맥락에서다.

아직 생명의 눈도 뜨지 않는 겨울 마당, 메마른 잔디를 보면서 곧 푸른 초록으로 다가올 봄을 기다리는 것이 곧 나의 글쓰기의 시작임을 잘 알면서도 난 쉽게 한 문단의 글을 쓰고는 밖만 하염없이 내다보고 있다.

처음부터 그랬다. 나의 시 쓰기는 잘 산다는 것과 잘 살아왔다는 것의 차이 즉 그냥 주어진 삶과 노력해서 얻은 삶의 질, 아직도 나는 그

중간쯤에서 늘 길을 잃고 방황을 하고 있다. 작은 씨앗 하나 손에 움켜쥐기 위해 살아왔던 시간과 노력 그리고 열정 그것만으로도 세상은 내게 참 벅찬 우주였다고 한다면 내가 쓰는 시라는 우주도 참 많은 노력을 기울인 결과물이라는 것에 나 스스로 위안을 삼는다.

누가 강요한 것도 아니고 나 스스로 단어의 좁은 감옥에 갇혀 있다 보면 한 편의 시를 쓰는 일도 잠이 든 생명의 숨을 틔우는 일이라고 자부하며 즐겁게 감옥살이를 하고 있는 것이다.

겨울 마당엔 보이지 않는 생명들이 무수히 많이 숨어 있다. 봄이 오면 하나둘 겨우내 참았던 숨길을 틔우며 은빛 물길을 따라 빛나는 모습을 드러낼 것이다. 나도 내 속에 숨어 있는 생명의 보석 같은 단어들을 꺼내어 올해는 참으로 눈부신 봄 햇살 아래 빛나는 시 한 편 쓰고 싶다고 생각한다.

차 례

● 시인의 말

제1부

제1부

오래전 나는 떡갈나무 아래 서 있었다

보름달빛 길을 따라 나는

시골집 떡갈나무 아래 청맹과니처럼 서 있다

오래전, 그때처럼 떡갈나무

나처럼 잠 못 이룬 채 뒤척이고 있다

세월에 주름진 나무 등껍질 보고 있으면

바람이 불 때마다 헉헉대며 지나가던

게딱지 같은 맨발, 내 시린 젊은 날이 보이고

어둠이 내려앉은 양철지붕 위로

밤이슬에 촉촉이 젖어들던 밥풀 꽃 같은 달빛

떡갈나무 가지 끝에 걸려 있고는 했다

살아온 날들이 너무 버거워서일까

울컥 울컥 내 가슴속 숨어든 말들이

한밤중 지붕 위로 걸어 다니고

속말들이 걸어 나간 텅 빈 내 몸속엔

가랑잎 흔드는 바람 소리만 가득했었다

그저 그땐,

따뜻한 말들이 그리웠던 것일까

시린 내 젊음이 한때는 떡갈나무 가지 끝에

밥풀 꽃처럼 매달려 있고는 했다

서리 맞은 뽕잎을 따다

내 몸속 가득 피어난 붉은 꽃 잠재우기 위해

서리 맞은 뽕잎 따러 가는 길

오래된 책갈피 속 엎드려 있던 추억 꺼내듯

나는 산길이 끝나는 언덕, 늙은 뽕나무 아래 서서

도시의 소음 매달고 왔던 길 뒤돌아본다

어느새 산길엔 나를 따라왔는지 붉은 웃음들이 와자하다

노란 뽕잎, 바람이 불 때마다 우르르 발밑에 숨어들고

내 몸속 푸른 시간 깨어나는 소리

나뭇가지 잡고 있던 내 마음도 산길로 가고 있다

구수한 뽕잎 가마솥에 덖다 보면

푸른 물길 열려 사람들이 소통하는 소리

메마른 마음속 갈증 잠재우고 있다

그 소리에 내 마음의 통로 스르르 빗장 풀리고

내가 왔던 길 위로 큰구슬봉이* 환하게 웃고 있다

* 용담과의 두해살이풀.

냄새 지우기

모두들 나가고
화장실 온수를 틀다가 생각한다
냄새란 냄새
모두 여기 모여 종알종알 퍼질러 앉아 있었구나
하루를 죄다 여기 부어 놓고
밖에서 안에서
지독하게 살아온 가족들의 냄새를 가두어 놓고
아무것도 모르는 나를
눈 흘기듯 그렇게 보고 있었구나
바닷속처럼 검푸른 시간을 헤엄쳐 온
가족들의 하루가
화장실에 갇혀 물먹는 줄도 모르고
소금 락스로 그들의 하루를
아무런 죄의식 없이 지우고 또 지우고
지금까지 그렇게 살아왔나 보다
나도 그들처럼 아직도 온기가 남아 있는
변기 위에 앉아 내 몸속에 갇혀 있던
냄새를 푸르게 푸르게 내보내고 싶다

고래의 집에 가보았는가

하루하루가 검푸른 바닷속

무덤들이 창을 여는 도시, 빌딩 숲에서

시간이 저물어 붉게 노을이 질 때까지

나는 바다를 꿈꾸고

가끔은 푸른 파도에 몸을 던지기도 한다

그러다가 삶에 묶여 허덕이다 보면

어느새 고래의 집에 숨어 들어가 있다

고래등 같은 그의 집은 늘 검푸른 물결 속

검은 아가리 활짝 벌리고 온 세상 잡다구니

삼키다 보면 또 하루가 간다

귀신고래, 범고래, 밍크고래, 돌고래… 등등

고래의 크기처럼 내가 사는 세상도 집 평수로 매겨지는
세상

바다를 떠나와 수족관 속에 사는 돌고래처럼

나는 고래등 같은 집을 꿈꾸며 도시 속 전셋집을 유영하
고 다닌다

고래의 집에서

더 이상 고래를 보지 못해도 서운해하지 말자

이미 고래는 우리의 마음속으로 걸어 들어와 작은 집 한
채 지어놓고 있다

흠

작은 눈 하나가 나를 보고 있다

방안에 들어앉아 무심한 하루

남루한 삶을 천정에 매달아 놓고 있는 나를

열린 방문 사이로 햇살 스르르 꼬리 감추고

조금씩 시간의 그림자에 깔려 천정 위로

매달려 대롱거리던 하루가 지나갈 무렵

나는 부엌에 들어가 이방인처럼 서 있다

잠이 덜 깬 아침 동동거리던 발등 스치고 지나간

밥그릇 하나 아직도 얼얼한 멍, 얼굴이 붉어져 있는데

세상의 조각으로 남아 있는 흔적 없애느라

바쁘게 쓸어 넣은 부엌 바닥 한 귀퉁이

사팔뜨기 눈 하나 언제 생겨났는지

새로운 흠, 반짝이는 시간 입에 물고

작은 눈으로 나를 올려다보고 있다

그물, 그리고 안과 밖

아파트 마당 가로지르던 고양이 한 마리 낮은 자세로 나무 그림자에 숨어들어 푸른 나뭇잎 물들이고 있다 언제부턴지 고양이 한 마리 우리 동네로 스며들어 주민처럼 어슬렁어슬렁 여유 부리며 다니고 있다 가끔 길 가운데 드러누워 일광욕도 하고 밤늦은 시간 우리 집 앞에 쪼그리고 앉아 달아오르는 발정, 애기 우는소리에 적막한 어둠이 깨어난다 밤기운에 가위 눌려 잠들지 못하는 날이면 나는 그 소리에 갑자기 아이 낳은 여자처럼 젖몸살을 앓는다 애완 묘로 키우다가 이사 가면서 버리고 갔는지 고양이는 아파트 마당이 제집이다 사람이 기르다가 버리고 갔는데도 녀석은 아직도 사람에게 미련이 많나 보다 그 고양이 볼 때마다 나는 세상이 쳐놓은 덫, 그물 속 파닥거리며 살아 있는 물고기가 된다 그물 안에서 안주하던 내 삶이 고양이가 그어놓은 선을 넘어가 나뭇잎 스치고 푸른 바다에 가닿는다 그러면 은빛 비늘 가득 푸른 사유가 깨어나고 코끝을 간질이던 비린내 가득 붉은 생의 꽃 필 것 같다 오늘도 고양이가 내게 가져다 준 시간은 늘 그렇게 내 속으로 숨어들어서 바쁘게 움직이고 있다

영양가는 길

동탁, 시인 조지훈을 만나러

동해 바다 옆구리를 끼고 돌고 돌아 영양가는 길

그 길엔 사람이 버리고 떠난 윤기 잃은 집

세월이 이끼들을 키우고 허물어진 담벼락 사이로

담쟁이넝쿨 서로 얼굴 마주 보며 붉어져 있다

그동안 나는 사람들 속에 섞여 살면서

저렇게 순하게 엎드려 얼굴 붉어진 날들이 있었는지

허허로워진 내 마음 안다는 듯

길옆 지천으로 핀 감국甘菊 노랗게 웃고 있다

계곡을 타고 바람이 길을 열자

단풍은 태백산맥을 넘어 마을로 내려와

감나무마다 시간의 붉은 등을 매달아 놓고

그 붉은 등불을 따라

산모퉁이를 돌고 돌아 창수재에 올라서자

잠깐 동안 내가 지나온 길 위 세상의 소리 들리지 않는다

골짜기 사이에 난 아스팔트 도로가 이방인이 되는 곳

문득, 나도 이방인처럼 시시포스*가 굴리는 바위 속에

갇혀 다시 세상 속으로 떨어지고 있는 건 아닌지

내려다본 산 아래 내가 버리고 온 세상이 아득하다

* 그리스신화에 나오는 코린토스의 왕. 죽은 뒤에 신들을 기만한 죄로 커다란 바위를 산꼭대기로 밀어 올리는 벌을 받았는데, 그 바위는 정상 근처에 다다르면 다시 아래로 굴러떨어져 형벌이 영원히 되풀이된다고 한다.

꼬리박각시나방*

    으스스한 몸 추스르며 어둠이 도사리고 있는 치과 계단을 오른다 오늘은 몇 달 전 내 입속에서 빠져나간 삶의 흔적을 메우는 날이다 그 자리에 새로이 들어앉을 또 다른 시간의 무게가 무섭다 세월이 간다는 것, 몸속에서부터 신호가 오고 삐걱거리는 목조계단처럼 뼈들이 먼저 소리를 낸다 어둔 공간을 헤치고 올라간 치과 창틀에는 국화 화분 몇 개가 가지런하다 열어놓은 창틈으로 큰 벌 한 마리 날아와 국화 향, 에틸 향에 취해 비틀거린다 힘없는 날갯짓, 내 마음속에서 튀어나온 것 같다 가만히 보니 벌이 아닌 작은 새다 살면서 우리는 누군가와 닮았다는 소리를 자주 듣는다 비밀이 풀린 것처럼 온몸이 화끈거린다 이 세상에 나 아닌 사람이 내 흉내를 내고 있다면, 저 벌새 닮은 꼬리박가시나방처럼 말이다 누구도 눈치채지 못하는 비밀, 몸은 그렇게 완벽하게 굴지만 몸속은 그렇지 못한가 보다 이렇게 한낮 햇살이 추운 걸 보면.

* 나방의 일종. 늦여름에서 가을철 출현. 흡사 벌새로 착각을 일으키기도 하나, 벌새는 우리나라 같은 온대지방에는 서식하지 않음.

벽화를 그리다

치마 뒤집어쓴 심청이 보았다 사금파리 햇살 거실 바닥
재빠르게 지나간 오후, 나는 세월 지나간 포스터물감에 물
을 붓는다 세월도 물속에서 힘든지 물감은 거친 색깔들 토
해 놓는다 거실 벽, 벽과 벽 사이에 앉아 나는, 내 손바닥
천천히 들여다본다 애腸가 많겠네, 눈빛이 살아 있던 철학
관 여자 아주 잠깐 쯧쯧 얼굴에 그늘이 진다 거미줄 같은
내 삶 속 작은 선들 붓끝에서 일어서고 있다 순간 내 목에
두른 초록빛 실크 스카프가 스르르 풀어져 벽 속으로 걸어
들어가고 있다

복숭앗빛 열다섯 살, 물속에 뛰어든 그녀
인당수 아득한 물빛이 무섭지는 않았을까
나는 초록 연잎 그리다 말고
거실 바닥에 떨어진 붉은 물감 속
뱃전에 선 그녀를 보고 있다

그녀의 흔적, 물감 붓끝에서 떨어져 바닥에 주저앉는다
내 삶도 누군가를 향해 저렇게 뜨거운 가슴으로 앉아본 적

있는지, 나는 불꽃같이 타들어 가는 내 마음, 붉은 연꽃잎을 그리고 있다 문득 고개 들어보니 언제 걸어왔는지, 내가 그린 연꽃 속엔 아비의 눈이 된 심청이 붉게 앉아 있다

가을, 장안사

물처럼 무덤덤한 시간이
가을의 열기 속에 나를 가두어 놓더니
내 몸속에 숨어 있던 불씨들을 깨워
싹을 틔우고 있나 보다
그 씨앗들이 하나둘 깨어나는 소리에
온몸이 가려운 나는 길을 나섰다
가을, 장안사에는 바람이 걸음을 옮길 때마다
사람들 마음속 깊이 생각의 길을 내고
그 길을 따라온 마음들이 모여
산속 장안사 가부좌를 틀고 앉아 있다
장안사에서 버거운 삶을 잠시라도
벗어버린 사람, 그 사람들이
풀어놓은 산길마다 불꽃이 피어나고
뜨거운 마음, 뜨거운 손, 뜨거운 눈길들이
팥배나무 붉은빛 속으로 웃으며 걸어가고 있다
산 아래, 나를 따라 내려온 비목나무 노란 얼굴에
울컥 내 가슴 들썩이고, 저 환한 불길
이 산 저 산을 다 태우고 이제는 절 마당까지 내려와
나를 태우고 이 세상을 불태우고 있다

국화빵

아파트 앞 현금 지급기에 밀어 넣은 카드
내 삶 한 자락 잡고 있는지 나오지 않는다
무참해진 나는 비상벨을 누르고 그런 나를
추운 겨울바람이 힐끔거리며 지나간다
마을버스 지나간 자리에 국화빵 트럭 외롭게 서 있다
묽은 밀가루 반죽, 국화꽃이 피고 있다
그 꽃 물고 노란 주전자 입 붕어처럼 부풀어 있다
풀빵이라고, 입에 풀칠이나 하고 사는지
추운 겨울에도 삼베 등 옷 입고
집 앞 개울물에 무명이불 빨던 순이
노랗게 지린 오줌 꽃 햇살에 탁탁 늘어놓고
책보자기 속 양철 필통 소리 부러워하던 그 친구
얼어 터진 손등 위로 시린 가난
이제는 털어냈는지, 나는 국화빵 하나 입속에 넣어본다
눈이 뜨거워진 곳에 피어나는 꽃
이제는 살만하다고, 환하게 웃으며 내게 말 걸어온다

때론 삶도 클릭할 수 있다면

백화점 앞 햇살이 빌딩 속으로 숨어들 무렵
나는 나팔꽃 레스토랑 2층에 앉아서
사람들 정수리에 피어나는 생生의 꽃들을 내려다보고 있다
피어나는 것은 무엇이든 아름답다고 했던가
문득, 사람과 사람 사이의 경계 그 어디쯤에서
나도 누군가의 눈에는 꽃으로 피고 있는 건 아닌지
삶의 통증을 되새김질하고 있던 시간
꿈만 가득한 불면의 밤이 부끄러워졌다
내 삶도 다시 클릭할 수 있다면
인생이라는 땅 위에 화사한 꽃밭 하나 만들고 싶다
때로는 장자의 나비도 되어보고 물처럼 은은하게 흐르는
이백李白의 달빛 한줄기 내려와도 좋을 텐데
사람들 바쁜 걸음에 밟혀 땅거미가 비명을 지르자
그 소리에 내 어깨 위 내려앉은 삶의 무게 흔들리고 있다

목련 빛, 엄마의 꽃

집 건너편 언덕에 목련이 옥양목 빨래처럼 피어 눈부시
다 연 이틀 비가 오더니 햇살에 가려운지 벚꽃 가지 끝마다
연분홍 립스틱, 엄마는 봄 햇살 가득한 거실 이동용 좌변기
에 앉아 밖을 내다보고 계신다 걸을 수만 있다면, 엄마의
얼굴이 붉게 타오른다 엄마는 아직 피지 못한 목련꽃 같다
햇살이 낭자한 봄에 움직이지 못하는 몸이 서러운지 기우
뚱, 바람도 없는데 엄마가 흔들린다 이동용 변기 속에는 엄
마의 꽃이 피었다 그 향기를 맡으며 나는 내 꽃도 저렇게
필 것이라고 생각한다 어느덧 엄마는 유치원 다니는 아이
의 마음으로 돌아가 있다 일주일 동안 엄마는 그렇게 우리
집 거실에 앉아계셨다 늘 내 마음속에는 무게 중심을 잃어
버린 엄마와 내가 함께 살고 있다

분리수거 하는 날

이른 아침 아파트 주차장이 들썩거린다

여기저기 벌집 통로 빠져나온 사람들

양손이 무겁다

나도 덩달아 대문을 열어놓는다

똑같은 구조와 똑같은 집에서

부스스한 사람들 모습은 제각각이다

아직 잠에서 덜 깨어난 주차장은 이미 만원이다

비닐 자루 속마다 치열하게 살아온 생生의 흔적들

입이 무겁다

나도 저렇게 마음을 분리수거 할 수만 있다면

미처 못다 한 말[語] 한 자루 담아두었다가

이렇게 가슴 먹먹한 날 풀어놓을 텐데,

나는 낯선 이방인처럼

보름 동안 살아온 삶의 흔적 들고 서 있다

아까부터 들어앉을 자리 찾지 못하고 있는

종이박스 하나 나처럼 차 꽁무니에 서서

발걸음이 무겁다

출근하는 여자

식구들 모두 세상 밖으로 나가기 전

집 안으로 나는 매일 출근하는 여자다

이른 아침 구석구석 숨어 있는

어제의 흔적들을 찾아 밖으로 내보내고

새벽, 상쾌한 공기 불러들여

제일 먼저 하루를 열어 놓는다

처음부터 만들지 못한 출근 도장 찍진 못해도

눈뜨면 시작되는 출근시간과 식구들 모두 잠드는 시간이

내 퇴근시간이라는 걸 나는 잘 알고 있다

어느 누구도 인정해 주지 않는 가사노동시간 동안

수시로 시댁으로 출장을 가기도 하고

세월에 깊어진 화병火病이 가슴을 짓눌러도

때론 존재 가치도 없는 내 자존의 그림자에

늘 한결같은 미소 지어야 하는 주부

삼백육십오일 몸 사리지 않고 일해도

승진도 없고 정년퇴직도 없는

주식회사 행복한 가정에서 주부라는 명찰을

평생 가슴에 달고 사는 나는 말단 가사노동 직원이다

익명의 바다

존재하지 않는 바다에 들어가 보았는가

깊이도 모르는 블루홀의 매력에 빠져서

여기저기 익명의 바다를 기웃거리다 보면

내가 살아온 삶의 궤적들이 숨어서 웃고 있는 곳

서로가 서로에게 중독된 잉여인간이 되어

손끝에 흔들리는 생의 그림자 감추고

여기저기 요란한 흔적에 선플로 감동하기도 하고

때론 악플에 궁핍한 삶의 시계추 흔들어 놓기도 한다

숨어서 지켜보는 게 어느덧 일상인 우리는

붉어진 얼굴과 떨리는 손끝 알지도 못한 채

모두들 공감한다고 밤바다 은은한 멸치 떼처럼

유유히 헤엄쳐 다니지만, 가상의 인연도 인연이라고

끝내는 서로에게 쏘는 말이 삶을 가르는 화살이 되어

가슴에 뚫린 구멍으로 밤바다 바람 소리만 요란한 곳

오늘도 나는 익명의 바다에 빠져 있는

아바타 인생이 아닌지 돌아볼 일이다

제2부

일곱 개의 붉은, 힘

— 커피

몇 해 전 지인이 준 아라비카종 커피나무에 하얀 꽃 몇 송이 피더니, 그 꽃 진 자리에 좁쌀 같은 소름이 돋아났다 처음 내게 왔을 땐 작은 화분에 두 그루 푸른 잎이 참새를 닮은 녀석이었는데, 긴 겨울 에티오피아가 고향이라는 녀석 추울까 봐 거실 햇살 바른 곳에 앉혀두었다 우리의 겨울이 녀석에겐 참 힘들었나 보다 잎들이 자주 시들해지고 창백해질 무렵 봄이 왔다 겨울 동안 가두어 놓은 물길도 터주고 작은 화분 속에서 오그리고 살았을 녀석의 다리도 펼 수 있게 큰 화분으로 이사를 해주었다 그렇게 두 해를 버티고 나더니, 녀석 올봄에는 상추처럼 넓은 잎을 밀어 올리고, 치자 향 가득한 하얀 꽃을 피워 일곱 개의 비린 콩을 수줍게 매달았다 날마다 들여다보는 재미에 녹색이 둥글게 짙어져 갔다 햇볕이 따가운 고향에서 꾸었을 꿈을 이역만리 물설고 낯선 아시아의 작은 나라 속 우리 집으로 와서 꾸는 꿈은 씁쓸하고 달콤한지 늘 그게 궁금했었다 봄이 지나고 여름이 지나고 가을이 왔다 녀석의 몸이 꿈틀꿈틀하는 것 같더니, 노랗게 변하기 시작했다 초겨울이 되자 녀석이 온몸에 불을 환하게 밝히더니, 붉은 체리가 되었다 커피의 어

원은 카파, 아랍어로 '힘'을 뜻한다고 한다 작은 초록의 힘
이 아프리카를 건너와 우리 집으로 오더니 일곱 개의 붉은,
힘으로 나를 다시 공부하게 한다

과녁에 꽂힌 말

가슴이 아프다는 말, 예전엔 그냥 아프다는 말인 줄 알았다
하루가 가고 이틀이 지나고 일주일, 한 달, 몇 년이 지나도
숨을 죽인 말이 되어 가슴속 깊숙이 숨어 있다가
문득문득 깨어나서 명치를 짓눌러서 아프다는 것
한번 뱉어낸 말은 사독邪毒 바른 화살 같아서
누군가의 가슴에 꽂힌 채 두고두고 흔적이 남아
조그만 말의 바람에 휘둘리면 그 상처가 살아나 꽃을 피
우는 것이다
오십이 다 되도록 얼음꽃들이 강에서만 핀다고 믿어온
내 방자함에 송곳처럼 와 박힌 아린 말의 씨앗
그 말의 씨앗이 발아하기 전 내 우물 깊은 곳에
가라앉혀 삭여낼 것 또한 이제서야 깨닫는다
그리고 그 말의 화살이 누군가에게 꽂히지 않도록
내 가슴속에 숨겨둔 과녁 또한 없애야 할 것임을
말의 화살 독하게 맞아본 뒤에야 깨닫고 있다

입안에 숨어들다

— 풍치

거울 앞에서 시커먼 입속을 들여다본다

가지런히 있어야 할 이빨들이 여기저기서 비틀댄다

더 이상 서 있기 힘든 모양이다

살아오는 동안 늘 허기와 싸우다 보니

미처 입속을 제대로 챙기지 못한 변명을 눈치챘나 보다

보이지 않는 바람에도 나무가 흔들린다는 소리

귀 기울이지 못한 내 삶의 궤적이 입속에 모여

산비탈 바람막이처럼 위태위태하더니

뿌리부터 송두리째 흔들리고 있다

지금 내 입속은 바람과 전쟁 중이다

지금은 칩거 중

우리 집 3층에 작은 피난처 하나 지어놓고

나는 지금 묵언수행 중이다

그 피난처엔 세상의 눈들을 피해 들어앉은 나와

살아오면서 말하지 못한 사람들의 입이 모여 책 속에 갇

혀 있다

숨죽인 어둠, 심장에 불 지피는 소리를 가진 화목난로가

뜨거워지면 미처 내뱉지 못한 말들이 연통을 타고 걸어

나간다

겨우내 세상의 바람 소리조차 들리지 않는 어둠을 끌어

안고

세상 밖 사람들에게 부대끼던 소리 사라지고 나니

잠잠… 모든 공간도 숨을 죽이고

나는 나도 모르게 칩거 중이 되어버렸다

겨울 지리산 속 같은 서재에서 길을 잃고

수많은 책 속 입들과 만나다 보면

몇 년쯤은 청맹과니처럼 살 수 있을 것 같기도 하다

세상의 이치란 이렇게 갇혀 매운 연기에 눈물 흘리며 깨

닫는 것

나는 세상을 향해 푸른 칼날 세운 입들을 난로 속에 던져 놓고

　시간의 응달에서 피어난 얼음꽃에 엎드려 오체투지 중이다

고장 난 청소기

아침마다 요란하던 청소기 소리 사라지고 나니
할 일 없는 사람처럼 앉아 있는 무념의 시간
그동안 문명의 소리들이
내 몸의 일부인 것처럼 알고 살아왔었나 보다
집안의 수다쟁이 소식통 티브이도 꺼버리고 나니
구석구석 미세먼지 쌓이는 소리도 들리고
불안한 적막 속에 물방울 소리 더욱더 커지고 있다
문밖에서 기웃대던 찬바람 한줄기 이명耳鳴처럼
햇살이 열어놓은 문틈을 비집고 들어서자
밤새워 놀던 먼지들이 후다닥 놀라서 달아나고
식구들 출근하면서 미처 따라가지 못한 실밥 하나
낯간지러운 듯 몸을 비비 꼬는 소리도 들린다
그 모습이 삶에 부대끼는 내 모습 같아서
나는 슬그머니 앉은뱅이걸음으로 비질을 한다
그때 내 뒤를 엉거주춤 따라오는 또 다른 소리들
청소기 소리 하나 죽었다고 세상의 모든 소리
없어지는 것 아니라고 집안 곳곳에 숨죽이며
살고 있던 다른 소리들이 여기저기서 얼굴을 내밀고
몸을 흔들며 다리를 펴고 있다

꽃잎이 여는 소리

아침, 마당에 서 있으니 여기저기서 수런수런 아무도 없는데 내 귓속으로 수줍은 속삭임이 들려온다 그 소리에 고개 숙여 보니 튤립이 어느새 붉은 입술로 웃고 있다 몇 해전 아파트에 살면서 화분 채로 나에게 왔던 녀석, 마당 있는 집으로 이사한 후 화단에 심어놓고 잊고 살았는데, 그동안 남루한 삶 속에 뿌리내리느라 바빴던 나는 고개 숙여 땅을 살펴볼 여유조차 없이 살아온 건 아닌지, 이 아침, 이 찬란한 생명이 깨어나는 봄에 녀석이 내는 소리에 고개 숙이는 법을 배우고 있다 내 발밑에서도 수많은 생명이 깨어나고, 소리 내고 있음을 그동안 높은 곳만 바라보며 사느라 묶어둔 내 마음의 빗장을 슬며시 풀고 있다 잊지 않았느냐며, 잊지 말라며 저렇게 붉은 웃음 날리며 땅속으로 발을 뻗어 생명의 세상, 이 우주를 받치고 있다

이사 오는 날

새벽 잔잔한 빗소리에 문득 잠이 확 달아났다

비 온다는 소식 들은 적 없는데

밖을 내다보니 어슴푸레 아침이 빗소리와 함께

걸어오고 있는 중이다

삼 년 동안 같이 산 사람들 보내고

이 년 동안 같이 살 사람 들어오는 날

빗소리에 가슴이 철렁 내려앉는다

같이 사는 동안 좋은 일만 생겼으면 하고 바랐는데

이사 오기 전 비부터 내리니

젖을 가재도구가 걱정되어 창밖만 내다보게 된다

그러는 내 마음 안다는 듯 앵두나무가

비 맞은 무거운 몸을 부르르 털자

연분홍 꽃들이 하얗게 눈을 흘긴다

창밖 백목련은 어느새 꽃잎들을

다 떨어뜨리고 잔잔한 봄비에 온몸을 적시고 서 있다

  곧 저 가느다란 가지에서 손바닥 같은 잎들이 깨어날 것
이다

봄, 상흔록

집 옆 중학교 교실 모퉁이 돌다 보면 목련이 진 자리에 아이들 쉬는 시간이 재잘거리고 있다 나는 무심코 대문을 나와 차 위 어두운 밤 쑥덕이던 음모陰謀 같은 송홧가루를 쓸어내린다 차 아래로 밤새 몰려다닌 빈 과자봉지는 저희 끼리 농성 중이고, 햇살이 잠깐 한눈파는 사이 낮달맞이꽃 이 혼자 부풀어 노랗게 피고 있다 봄은 그렇게 오나 보다 아이들 작은 손가락에 매달려 붉은 꽃피워 대더니, 여기저 기 불쑥불쑥 나뭇가지에다가 불씨를 옮기고 있나 보다 마 당이 있는 집으로 이사 와 일 층은 다른 사람에게 내어주고 이층으로 올라온 첫날, 창밖으로 자목련이 뚝뚝 떨어지고 있었다 그때 알았다 교실 담벼락에도 꽃이 핀다는 것을, 아 직 덜 여문 씨앗들도 땅에 닿으면 뿌리를 내리고 싶어 하는 충동이 있다는 것을, 잠깐 방심하는 사이 햇살이 빠르게 나 를 지나쳐 학교 울타리에 매달려 있다 그 울타리를 반쯤 타 고 내려온 줄장미의 봉긋한 가슴을 훔쳐본 송홧가루가 놀 란 얼굴로 얼른 바람을 따라 날아갔다 봄은 그렇게 줄기차 게 내 마음속을 헤집어 놓더니, 노랗게 웅덩이 하나 만들어 놓고 맨 얼굴로 걸어가 버렸다

내 삶의 시계

봄날, 이십 년을 살던 아파트를 떠나려고 하니 방 문턱에 걸린 세월의 흔적이 나를 붙잡고 놓아주지 않는다 오랜 시간 동안 살면서 자기 색 잃어버린 문턱엔 내 얼굴 주름살 같은 남루한 삶, 허연 더께 덕지덕지 앉아 물기 가득한 눈으로 올려다본다 후줄근해진 벽지 위 내 아이들이 그어 놓은 하루 생활 계획표, 연필 자국 틈 사이로 生의 키가 자라고, 그 틈 사이 내 삶 한 자락도 끼여 펄럭이고 있다 내 욕망처럼, 여름날 방충망 타고 오르던 나팔꽃 덩굴, 그쯤에서 멈추었는지 바삭 말라 작은 바람에도 흔들리고 있다 그 순간, 언젠가 마음이 허허로운 날 그린 벽지 위 내 그림 속 붉은 연꽃이 소리 없이 발을 뻗어 거실 바닥으로 내려선다 그 발자국에 내 삶이 푸르게 살아나고 덩달아 메말랐던 내 삶의 시계 속으로 맑은 물소리가 들린다 문득, 살아온 날보다 살아가야 할 날들이 더욱더 환하게 불 밝히는 봄날,

냉장고 속을 들여다보다

풋내 나는 사과 세 개
밀양 얼음골에서 싱싱하게 걸어 들어와
어두운 냉장고 속으로 들어갔다
밝은 세상의 빛, 차단한 내 손끝에서
감금당했다는 게 더 맞는지 모르겠다
문득 냉장고 속 아래 은나노 과일 칸
그곳에 깊이 잠들어 있던 사과
싱싱한 꿈 꾸고 있었던 게 아니었나 보다
늘 누군가의 손길을 기다리다 지쳐
푸른 기름진 빛 어디로 갔는지
늙은 느티나무 등껍질처럼 쪼글쪼글 두꺼워지고
온몸 버섯 주름 자리 잡아 버석거리고 있다
내 몸처럼 사과도 세월을 이기지 못하고
저렇게 늙어가고 있었나 보다
시간의 마디가 모여 세월의 주름을 만들듯
나도 세상 속에 갇히면 누군가 밝은 세상으로
꺼내주지 않은 것 원망하면서 늙어갈지도 모른다
어두운 세상 환한 길, 마음의 눈 틔워주는
냉장고 속 푸른 사과 세 개

생生의 물소리
— 알로카시아

　우리 집 거실 푸르게 물들이고 있는 알로카시아 잎마다
생의 물방울 매달려 햇살 아래 환하다 그늘 혼자 차지하고
앉아 있던 알로카시아, 밝은 빛 조금씩 잘라먹고 내가 무심
히 지나갈 때마다 물방울 톡 떨어뜨리고 있다 문득 발등에
차가운 물방울 맞아보면 알게 되는 일 있다 살아 숨 쉬고
있다는 것, 때론 누군가의 생에 불빛 하나 켜두고 있음을,
내가 생각 없이 툭 던진 말 한마디에도 비바람에 흔들리는
나뭇잎처럼 힘겨워한다는 것, 알로카시아 나무 아래 편안
한 마음으로 발 뻗고 앉아 있다가 반성의 죽비 한대 내 등
짝을 후려친다 또 후드득 물방울 내 발등에 떨어진다 선문
답 같은 물방울 떨어져 발을 뻗는 순간, 땅속 깊은 곳에서
흐르는 내 삶의 잔잔한 물소리를 듣고 있다

가을, 길을 잃다

추적추적 비 오는 날 아침 나는
진한 커피 한 잔 들고 앉아 반쯤 시든
마당 한쪽 국화 화분 바라보며 생각한다
겨울은 손발이 시리지만
가을은 무릎이 서늘해지는 것처럼
아직 푸른 잎 매달고 있는 홍매화 나무는
마당을 향해 줄기차게 기어가고 있는
붉은 태양 같은 꽃 송엽국이
부러운지도 모른다고 생각한다
가을이 와도 물色 들여지지 않는 시간
무심한 얼굴로 태연하게 앉아
내가 버리고 온 길 들여다보지도 못하고
내 등에 지워져 있는 달팽이의 빈집처럼
가벼워져 이렇게 가을비 내리는 날
쓸쓸하지 않으면 가을이 아니다
외롭지 않으면 가을이 아니다
쓸쓸히 길 잃고 헤매는 아침에 생각한다

길, 묘연猫緣

지난겨울 옥상 창고 귀퉁이에 숨어든 길냥이 한 마리

영역싸움에 지쳤는지 내가 들여다봐도 눈만 끔뻑

커다란 눈 속에는 허공 같은 하늘이 들어앉아 있었다

가끔 길 잃은 박새들이 빨래 건조대에서 자고 가는 추운
겨울밤

도시의 밤하늘은 거대한 그물 같아서 새들이 자주 길을
잃고 날아들었다

창고 한쪽이 녀석의 영역이 되고 나서 새들의 모습은 사
라지고

내가 놓아둔 붉은 밥그릇 속 사료들도 조금씩 줄어들었다

그렇게 겨울이 지나고 녀석이 소리 소문 없이 사라진 자리

개미들만 햇살 아래 잔치를 벌였다

봄, 여름 내내 마당 울타리 수풀이 무성하더니

두 마리 새끼를 데리고 녀석이 나타났다

뜨거운 내 마음까지 얹어서 다시 밥그릇이 채워지고

이번엔 옥상이 아닌 마당 한 귀퉁이가 녀석들의 영역이다

허공 같던 눈 속에는 아직도 경계심이 가득하지만

햇살 바른 날 아침 보은의 뜻인지

생쥐 한 마리 대문 앞에 얌전히 물어다 놓았다

길, 묘연猫緣 2

　　겨울 아침이면 바람에 기름 밴 휴지들이 골목길을 날아
다녔다
　　대문을 열면 집집마다 밤에 내어놓은 쓰레기봉투들이
　　가만히 서 있질 못하고 여기저기 상처투성이로 누워 있
기 일쑤였다
　　며칠 날아다니는 전투의 흔적을 쓸어 담다가 나는
　　자동차 밑에서 노란 눈동자를 한 녀석과 만났다
　　삼색이라 불리는 아이 배가 불러서 힘겨워 보이는 어미 냥
　　마주친 눈에 졸음이 가득 모스부호처럼 깜빡깜빡
　　지난겨울 우리 집 옥상 창고에 자리 잡고 있던 치즈 냥
식구들이
　　홀연히 종적을 감추고 난 뒤 바람이 불 때마다
　　나는 창고 안을 들여다보는 습관이 생겨버렸다
　　밥그릇에 먼지가 쌓이고 물그릇이 말라버린 시간이 지나
　　텅 빈 녀석의 보금자리에도 켜켜이 먼지들이 주저앉아
있다가
　　내가 문을 열면 화들짝 놀라 달아나고는 했다
　　봄이면 모든 생명이 깨어나듯이 길 위의 생명들도

봄이면 꽃처럼 피어서 몸을 열고 새 생명을 품는다는 것을
뒤돌아보는 여유도 없이 살아온 내게 가르쳐주는 삼색
냥이
그 창고 귀퉁이 택배 박스에 무릎담요를 깔아놓고
창구멍을 내고 밥그릇 물그릇을 들이고 같이 살아보자고
이 찬란한 봄, 나는 어설픈 캣맘이 되어 보기로 했다

길, 묘연猫緣 3

여름이 끝날 무렵 며칠째 계속 비가 왔다 마당 잔디 속
지렁이들은 자꾸만 밖으로 기어 나왔다 은목서 꽃향기가
마당을 지나 계단을 올라와 거실까지 들어온 저녁 무렵 비
가 그쳤다 마트에 갔다가 대문을 열자 마당에 작년 가을부
터 마당 식구로 들어온 이양이 녀석이 우두커니 혼자 앉아
있다가 들어오는 나를 오랫동안 쳐다보고 있다 골목길 쓰
레기봉투 찢던 길냥이 네 마리 마당 식구로 불러들여서 같
이 살아보자고 이름을 부여했었다 어미인 에미와 일양이,
이양이, 삼양이… 계절이 바뀌자 적의의 눈빛이 사라지고
경계의 발톱도 숨겼다 아침마다 출석 부르고 밥 먹고 골골
송도 들려주는 녀석들 마당이 가득 찼다 온전히 이젠 한 식
구가 되었나 싶었는데, 비 그친 그날 저녁 이양이가 흔적도
없이 사라져버렸다 하루가 지나고 일주일, 한 달이 지나도
돌아오지 않았다 대장 냥이와 싸우다가 차바퀴 밑으로 들
어가 무지개다리를 건넜다는 풍문만 무성했다 기다림에 지
친 마당이 텅 비어 버렸다

텃밭시계

개발 제한 구역 녹색지대에 세를 들었다

가장의 무게를 짊어지고

하루하루 골리앗의 부품처럼 살다가

곧 정년을 맞이하는 남편이 자기 자신에게

주는 남은 생의 작은 놀이터

부평초처럼 흔들리는 삶이 힘겨워

땅속에 깊숙이 발 디밀어보는 시간

남편보다 먼저 텃밭에 주인이었던

감나무와 대추나무가 팔을 벌린 사이

햇살들이 같이 살자고 비집고 들어왔다

아직 씨앗도 넣지 않았는데 작은 꽃들이 피어났다

햇살 한 줌에도 깨어나는 땅속 씨앗들

봄에 산 텃밭은 시간의 씨앗을 품은 땅의 시계였다

제3부

푸른 낙인

햇살 아래 물무늬가 선명하더니, 갑자기 비가 쏟아졌다 마당 소나무 가지에 사방 줄무늬 뜨기 하던 거미집이 이내 젖어 들기 시작했다 비는 예고도 없이 그렇게 내리기 시작하더니, 대문 밖에 시냇물을 만들고 거대한 물 폭탄으로 변해 천지가 캄캄해졌다 나는 어두워진 거실에 불을 켜고 쥐며느리들이 계단 틈 사이로 숨어드는 걸 지켜보고 있었다 물안개가 밀물처럼 마당으로 들어오자 조금 전까지 푸른 힘으로 버티던 잔디가 흔적도 없이 사라져 버렸다 세상의 서 있는 모든 생명이 모스부호를 타전하기 시작했다 하늘은 막을 수 없는 수문을 열어놓고 있었다 창문들이 동시에 비명을 지르자 나는 급한 마음에 계단을 건너뛰기 했다 하늘이 엎질러 놓은 물이 얼마나 미끄러운지 넘어져 보지 않으면 알 수 없는 일, 빗물들은 내 몸을 건너와 바닥에 납작하게 엎드렸다 찰나의 순간 무저갱에 빠져 있었나 보다 고개 들어보니 하늘의 구멍은 아직도 시퍼런 물을 토해내고 있다 시퍼런 물들이 내 몸을 휘감더니 여기저기 푸른 낙인을 찍고 있다 태풍에 맞서지 못한 그날 세월의 깊이만큼 내 다리에는 그 시간의 흔적이 선명하게 자리 잡았다

오십의 바다

치열한 서른을 건너서 돌아보니

걸어온 길 위에 찍힌 발자국에 젊은 상처들이 고여 있었다

그러다 뜨거운 불혹을 건너서 돌아보니

내 삶의 흔적 위에 길게 후회의 그림자들이 드러누워 있
었다

그리고 비 그친 오후처럼

잔잔해진 오십에 들어서서 돌아보니

미루나무처럼 훌쩍 커버린 아이들과 반백의 늙은 남편과

아직도 종종걸음으로 분주한 내가 남루한 삶의 바다에서
헤엄치고 있었다

좋겠다

좋겠다.

참 좋겠다.

눈 부신 햇살 아래 깊어진 세월이 청동빛 그림자로 꽃 피는 하루

　삼십오 년 자동차 기름밥에 머슴으로만 살아온 시간

　젊은 날은 늘 별 보기와 캄캄한 골목길 산책이 취미였고

　밤낮이 바뀐 얼굴에 불쑥불쑥 피어나던 노란 달맞이꽃

　한때는 공돌이, 공순이라 불리던 젊은 날의 초상

　쉴 틈 없이 톱니바퀴에 매달려 기름 냄새로도 장미꽃이 피던 시절

　산업의 역군이라는 멀미 나도록 빛나는 이름표를 달아준 적도 있었지

　그들은,

　육십이 다 되도록 식구들 생의 바퀴 굴려 주느라

　일 년 삼백육십오 일이 아닌 삼백육십육 일에

　말뚝 박힌 채 맑은 하늘 한번 올려다보지 못하고

　굽어진 등 한번 펴보지도 못한 채 살아온 남루한 반백이 넘은 세월

유리 지갑 연봉 육천이면 귀족이라고, 자영업자라고

혀 짧은 그들의 논리로 한 번에 격상시켜주는 세상에 살 아남아서

참 좋겠다. 내 남편은

그리고 우리는…

중독

긴 장마의 시작이었다

쓸쓸한 겨울이 지나고 봄이 왔다고 꽃들이 소리 없이 피더니

꽃이 지기도 전 여름이 서둘러 찾아왔나 보다

마당 잔디 속 쥐며느리들이 몸을 돌돌 말아 이삿짐을 싸기 시작했다

습한 말들이 하늘을 돌아 풍문으로 떠다니더니 계절의 시간을 놓쳐버린

줄장미들이 울타리를 급하게 타다가 넘어진 사이 빗방울들이 떨어졌다

그러자 독을 품은 가시들이 여기저기 붉게 피기 시작했다

온몸을 휘감던 푸른 기운들이 땅속으로 서서히 가라앉자

점점 물기들이 지붕 위에서 걸어 내려와 꽃잎 위로 춤사위처럼 내려앉았다

생의 무게

아침부터 집 뒤 담벼락이 시끄럽다

지난밤 어설프게 내린 비에 송홧가루가

여기저기 수상한 흔적으로 손짓하는 오월

아침 햇살이 은목서 나뭇잎 위로 막 올라앉는 시간

작은 부엌 창 열고 내다보니

오 년 째 길 생활하는 어미 냥이 아기 냥들에게

담벼락 타는 삶을 훈련하는 중이다

겨울 끝 무렵 골목길을 비명으로 가득 채우더니

새 생명들이 잉태되고 봄의 물길을 따라 태어난

꼬물이들이 앞으로 걸어가야 하는 길 위의 삶,

지금 생의 무게를 배우는 첫 수업을 하고 있다

결연한 어미의 눈빛에 아기 냥들 자꾸만 미끄러지고

작은 발톱을 세워도 담벼락은 결코 만만한 세상이 아니다

삶의 담벼락은 사람이든 동물이든 넘어가야 할 생의 무게

오월 아침에 길냥이에게 배우는 위험한 세상살이

1948, 부라더미싱

오래전 엄마가 쓰러지고 집의 대들보도 비스듬히 넘어가
있다는 것을 깨닫는 날이었던 것 같다 도시에서 살아가느
라 바쁜 시간 틈내어 엄마를 보러 간 날, 대청마루에 앉아
있다가 무심결에 바라본 마루 구석에 광목천으로 덮인 낡
은 엄마의 재봉틀을 보았다 낡은 광목천을 벗기자 내 어릴
적, 긴 다리로 빛나던 소리 탈탈 거리던 재봉틀은 어디로
갔는지 엄마처럼 앉은뱅이가 된 세월에 주저앉은 낡고 녹
이 슨 재봉틀이 앉아 있었다 먼지 가득한 재봉틀을 털어내
자 비로소 빛나던 엄마의 젊은 날이 나타났다 해방되고 삼
년 뒤에 산 엄마의 재봉틀은 비행기 무쇠로 만들었다고 엄
마가 가끔 자랑처럼 말씀하셨던 일제 부라더미싱 1948. 이
제는 팔순 노모가 된 엄마처럼 조금씩 사그라지고 있다 지
리산 밑 빨치산들 때문에 뒷박에 촛불을 밝히고 제사를 지
냈다는 힘든 6 · 25전쟁 시절에도 집 뒤 대밭 아래 몰래 파
놓은 토굴 속에 숨어서 식구들 옷을 지었다는 쓸쓸한 추억
이 허물어진 담벼락에 담쟁이처럼 느릿느릿 기어가고 있다

나이

살아오면서 미처 깨닫지 못한 여백이 생기면

갈 길 잃은 청맹과니 하나 내 속에서 걸어 나온다

햇살이 가득한 마당에 서서 벽돌 하나와 눈 마주치면

마치 내 속을 들킨 것처럼 부끄러워지는 나이

세상살이의 이치에 갇혀 앞만 보고 걷다 보니

텅 빈 달팽이 집 한 채 삶에 굽은 내 등 위에 매달려 있다

찬 기운에 붉게 물든 나뭇잎 하나가 내게로 걸어 들어오
는 아침

이제는 새로운 시간 앞에 서면 한 걸음 내디딜 때마다 두
려워진다

엄마의 빛나던 시간

젊은 날의 엄마를 만났다
눈부신 햇살 아래 하얀 쌀밥으로 지어진
조팝꽃 피는 길을 달려서 살아온 시간을 반성하러 가는 길
그동안 바쁘다고 애써 외면하던 집에 들어서자
먼저 온 형제들이 걷어내고 있는 낡고 부서진 살림살이들
만질 때 마다 풀썩 먼지가 먼저 걸어 나온다
엄마의 지문 같은 남루한 삶의 흔적이 마당에 쌓여
불의 혓바닥, 수 십 년 갇혀버린 시간을 태우는
검은 연기가 대숲으로 사라지고 있다
오래된 서랍 속에 숨어 있던 엄마의 시간이 감긴
색색이 고운 명주 실패 엄마의 젊고 빛나던 길이
지금은 헝클어진 실타래처럼 엉켜 있지 않는지
문득 가슴 밑바닥에 고이는 엄마의 시간들이 아프다
엄마의 젊은 시간을 가슴에 품고 돌아오는 길
중풍으로 몸이 불구인 엄마보다 내 마음이 더 불구였다는
것을
햇살 아래 가만히 명주 실패 들여다보니
단아한 울 엄마 조각 비단 천에 장자의 나비를 수놓고 계
신다

흥정

농사를 짓겠다고

아니 가족들 먹거리만 텃밭처럼 한다더니

도시 속 작은 땅을 구입했다

처음엔 그랬다

종류도 다양하게 씨를 뿌리고

오래전 꿈꿔왔던 흙을 뒤집는 일

꿈이 심어지고 꿈이 펼쳐지는

정년퇴직하면 골프채보단 호미나 괭이가 적성이라고

홍매화가 피던 삼 년 전 봄날이었다

땅에 씨앗을 뿌리는 일도

마음에 시의 씨앗을 키우는 일도

물과 거름만 주면 저절로 열매 맺히는 줄 알았던 오만

수없이 땅속을 뒤집어 보고

마음속 깊이 숨어 잠든 말의 씨앗을 깨워보고서야

크고 작은 시간의 상처도 곪아 밑거름이 되어

흔들리는 삶 속에서도 단단한 뿌리가 내리는 것을

지금도 남편은 수많은 종류의 씨앗을 뿌리고 땅과 흥정을

나는 여전히 말의 씨앗을 안고 시와 흥정을 하고 있다

신호등 앞에서

바람을 가르며 달리던 길 붉은 신호등 앞에서 멈춘다
거친 숨소리 내뱉는 바퀴 소리 들으며
과속으로 달려오던 길 위에 버리고 온 남루한 삶
신호등 앞에서 숨 고르기 하면서 돌아보니
노랗게 질려 유리창에서 파르르 떨고 있다
바퀴 아래 봄날 아지랑이처럼 남은 흔적
내가 살아온 이력 같아서 얼굴이 붉어진다
그러다가 초록불이 들어오면
질주하고 싶은 본능이 깨어나고
길을 나설 때의 조심스러운 다짐은 눈 녹듯 사라져
나는 어느새 차안대를 한,
앞을 향해 달려나가는 경주마가 된다

흙을 찾는 시간

생각이 많은 날 그 무거움이 두려워 도예를 배우러 간다

이른 아침 백화점 주차장은 햇살이 주인이다

텅 빈 교실 문을 열고 불을 켜면 비로소 기지개 켜는 하루

창고 깊은 어둠 속 잠이 든 흙을 꺼내어 만지다 보면

아직도 내 마음은 미로 같은 땅속에서 헤매고 있다

흙 속에는 내가 살아온 작은 길이 숨어 있다가 튀어나오고

남루했던 젊은 시절 열정이 먼저 가마 속으로 들어가 눕
기도 한다

내가 만지는 흙 속에는 삶의 고단한 주름이 무수히 많아서

앞으로 살아가면서 숨겨둔 주름 하나 펼칠 때마다

비듬처럼 떨어져 빛나는 생의 파편이 모여 도자기 그릇
이 된다

대나무 숲에 묻어둔 이야기

텅 빈 가지 끝에 걸려 있던 겨울바람이
삼월의 햇살 아래 서서히 꼬리를 감추는 아침
긴 겨울잠에서 깨어난 사람들 발길에도 봄이 오고 있다
나는 겨우내 마음속 가득 얼려둔 사유를 안고
봄까치꽃 재잘거리는 태화강 십리대숲 길을 걷는다
추운 시간 동안 잠겨 있던 생의 결계가 풀려 강물은
속이 들여다보이는 맑은 웃음소리로 둘레 길을 따라다
니고
바람이 불 때마다 노랗게 세월의 등을 보이는 대나무 숲
에는
차르륵 차르륵 봄 햇살이 물어다 놓은 보석들이 숨어들
고 있다
사람들은 남루했던 지난 삶의 이야기 길 위에 남겨 놓고
나는 대나무들이 몸을 흔들며 뒤척이는 소리를 듣는다
대숲에는 사람들이 만들어 낸 소문들이 모여서
임금님 귀는 당나귀, 햇살 바른 봄날
무심한 청맹과니 죽순으로 깨어나고 있다

땅속에서 보내온 편지

아직은 바람결이 시린 마당에서 나는 해바라기 중이다 봄 햇살에 눈이 부셔 잠깐 어지럼증에 고개 숙여보니 숨어서 지켜보는 눈이 나를 앉은뱅이로 만든다 봄이라고 제일 먼저 잔디 속을 헤집고 올라오는, 나와 눈이 마주치자 개미자리 녀석 슬그머니 나처럼 주저앉는다 처음엔 잔디인 줄 알고 정겹게 오래 눈 맞춤 했는데, 사람들 속에도 사람 같지 않은 사람들 숨어 살듯이 잔디 속에도 잔디도 아니면서 잔디 옷을 입은 녀석 몸 부비며 섞여 있다 때론 거짓이 더 진실 같은 세상에 살면서 밝은 눈 가지지 못한 나 자신이 무참해지는 날, 잡초라고 단정 짓고 뽑던 부끄러운 손 내려다본다 그러자 초록은 동색이라고 땅 속에서 불쑥 손 하나 쑥 내밀어 세상은 물길 흐르는 대로 두라고 물소리 잔잔한 초록 잎사귀 하나 위로하듯 내게 건네준다

비 오는 바다에서만 울 수 있었다

―세월호

회한의 눈물이 그치질 않아서 누가 볼세라

비 오는 바다에서 나는 속절없이 울고만 있다

추적추적 온몸을 휘감는 빗줄기가 바늘처럼

살갗에 와 닿아도 아프지 않은 난치의 시대

살아 있는 모든 감각이 무기력한 최면에 걸려 허우적대고

내 몸 위로 드러나는 고문 같은 시간 붉은 옹이의 흔적

시간의 트럭이 수없이 지나가도 이제는 통증조차 없는 세월

허울의 풀 무덤 속에 난무하던 치장이 벗겨져

빛나던 짧은 생의 허무한 죽음이 켜켜이 쌓인 자리마다

그들만의 바퀴를 굴려 세우는 또 자라나는 비밀의 황금 탑

살아남은 사람들은 상처들을 드러내지 못하는 세상에 살면서

가슴에 불면의 바람구멍만 잣나무처럼 키우고 살아가야 한다

비 오는 바다에 서 있으면 보이는 비루하고 남루한 삶

흔들흔들 뱃멀미하다 보면 닿을 수 있는 생의 끝자락

가슴에 통한의 눈물이 고여 더욱 깊어진 푸른 우물

피멍이 들어도 울 수도 없는 세상에 살면서 나는

비 오는 바다에 가서야 비로소 우물에 초라한 두레박 드
리운 채

찰랑찰랑 빛나는 눈물 끌어안고 목 놓아 불러본다

애들아 수학여행은 끝났어. 이제는 돌아와.

상처 혹은 깊은 블루홀

비 오는 겨울 바다에 와서 비로소 걸어온 길 뒤 돌아본다
살아오면서 내면에 숨어 있던 수많은 상처와 흔적
이기利己로 뭉쳐진 옹이, 뒤틀린 감정들까지 고스란히
길 위에 놓고 왔다는 것을 뒤늦게 깨닫는 반성의 죽비 한대
나 스스로 세상 안으로 걸어 들어가 가시 세우며 살았던
삶의 치열했던 시간, 때로는 내 인생에서 가장 빛나는
블루홀이라고 믿고 싶었던 그 푸른 구멍이 입을 열어
남루하고 고루한 내 시간을 풀어 놓고 있다
다른 사람들에게 내가 살아온 멍들고 지친 시간 들킬까 봐
늘 조바심으로 종종거리며 살아온 세월과 이기심
　그동안 세상 안과 밖 소통에 눈멀고 귀 닫았던 나는
　마음을 묶고 있던 질긴 끈 하나를 풀어 겨울 바다에 놓아
보낸다
　그리고 젊은 날의 오만, 잠그고만 살았던 골방 빗장을 풀
어내니
　희망의 작은 씨앗 하나 내 마음에서 뛰어나와 푸르게 싹
을 틔운다
　문득, 사유의 바다 나는 새로운 블루홀 속으로 들어가고
싶어진다

삶에 수를 놓는 일

햇살 맑은 날 푸른 물소리 깊게 배이도록

욕조 속에 들어서서 온몸 후줄근해질 때까지

발로 밟아 광목천 속에 물길을 만들어

빨랫줄에 널어놓았더니 날아가던 새

하늘에 수놓기 부끄러웠는지

새하얀 광목천에 아이의 손 같은 도장 하나 만들어 놓았다

바람이 많은 날을 피해 햇살이 길일이라고 믿었던

내게 또 다른 반전의 우주가 있음을

하늘에 세 들어 사는 새들이 깨우쳐 주고 있다

제4부

죽음의 향기

모처럼 식구들 모두 집으로 들어온 날

저녁 밥상 위에 올리려 고등어 한 마리 구웠다

푸른 바다를 힘차게 다녔을 그 기운을 식구들에게

먹이고 싶었는데, 살았을 적 그 푸른 생의 냄새 어디로

가버렸는지

집안의 문이란 문 다 열어놓고

온 집안을 스멀거리는 지독한 죽음의 향기에

나는 무참해진다

살아 있을 땐 바닷속에서 눈부신 등 푸른 고등어

생생한 삶의 궤적은 늘 빛나는 은빛 고운 향이 있었으리라

나 또한 아등바등 살아온 길 가득

은은한 향기처럼 오래도록 기억되길 바랐는데

이 세상 버리고 나면 저렇게 지독한 악취만 남아

추억 속 그리운 사람들 고개 돌리게 하는 건 아닌지

고등어 한 마리 굽고 나니

문득 내가 걸어온 길 뒤돌아보게 한다

시간의 길 찾기

젊음을 징집당하고 2년을 보내고 온 작은 녀석이

소리 없이 다용도실 문을 밀고 들어간다

2년 동안 속박과 질서 속에서 놓여나는 방법은 저렇게

담배를 태우는 일밖에, 다용도실 김치냉장고 앞에 서서

젊음을 태워 시간의 길을 찾은 작은 녀석에게

나는 아무 말도 못 하고 소리 죽여 저녁밥을 짓는다

소리의 감옥

늦은 봄날 대문 여는 소리마저 조용하던 뒷집 노인 부부가 이사를 가고, 며칠 뒤 나와 비슷한 세월이 얼굴에 새겨진 부부가 우리 아이들과 같은 시간을 가진 애들을 데리고 이사를 왔다 이사하고 며칠은 모든 사람들이 그렇듯 새로운 곳에 정착하기 위한 몸부림을 소리로 토해낸다고 생각하고 무심한 듯 그렇게 보냈다 이사 간 노부부가 몇 년 전에 심어놓은 뒷집 감나무가 자라서 우리 집 낮은 담을 넘어와 바람이 불 때마다 여기저기 기웃기웃하다가 불쑥 풋감을 던지는 것까진 좋다고 생각했다 어느 날부터 이른 새벽 우리 집 창문을 슬금슬금 넘어오는 소리가 있다 뒷집 식구들 하루 일과가 도로를 달리는 차바퀴 소리보다도 더 또렷하게 잠이 덜 깬 우리 식구들 귓속으로 달려들어 온다 소통하기 위해 사는 사람들처럼 뒷집 식구들 목소리는 창문을 빈틈없이 잠그고 나면 아련히 멀어지고는 한다 소소한 이야기도 큰 소리로 고함지르는 습성을 가진 사람들, 더운 여름 문을 꼭꼭 잠그고 나면 집안의 모든 사물들이 땀을 흘리고 덩달아 나도 더워서 여름 하루가 뜨겁다 그래도 어쩌랴 그게 그 사람들 소통 방식인 것을, 가끔 창을 열고 그들 소

리에 귀 기울이고 있으면 문득 나도 그 소리의 감옥에 갇혀
서 다른 사람들에게 고함지르고 살면서도 모르고 있는 건
지도 생각해본다

담쟁이

공원 안 벚나무가 붉은 잎들을 길 위로 날려 보내는

골목길을 돌자 콘크리트 흰 벽이 눈앞에 보였다

도시의 계획표 안 학교 담이 철옹성처럼

아이들 소리를 가두고 있는 사이

흰 벽 틈 사이사이 먼지가 먼저 소유권을 주장했나 보다

그 먼지 속에 세 든 담쟁이 지렁이 같은

꿈틀거림으로 여기저기 줄을 만들고

외줄 타듯 까마득하게 담 위로 오르고 있다

바람이 불자 작은 손등에서 일제히 일어서는 핏줄이 보

인다

내가 도시의 경계에서 뿌리 없이 흔들리는 사이

흔들리는 것도 삶이라고 먼지의 작은 틈을 비집고 살아

가는

담쟁이들이 그들만의 세상 하늘 향해 작은 길을 내고 있다

식구

서로에게 익숙해지는 법을 배우는 중이다

수십 년을 타인으로 살다가

어느 햇살 좋은 날 많은 사람들 앞에서

가족이라는 울타리 만들어 가겠다고 다짐했던 날

여기저기 웃음소리 들리고 경직된 마음 풀어지고 나니

새로운 가족이 청실홍실 아래 촛불로 불 밝혀지고

서로 맞잡은 손이 아직은 머쓱하다

가까이 있어야 정도 드는 법이라고

또 다른 가족 속으로 걸어간 아들 등 바라보며

살아가면서 빛나던 시간 잊지 말라고

예쁜 미소가 고운 며느리 우리 집으로 걸어왔나 보다

가끔은 서로 바쁜 시간 접어두고 울타리 안으로

서툰 걸음 걸어 들어와 식탁 위 숟가락 놓고 있다

생의 시간 담아 올린 새로운 삶의 밥그릇 비로소

우리는 환한 얼굴로 마주 보며 웃는 식구가 되어가는 중
이다

내 고향은

뜨거운 햇살 아래 조바심으로 건너온 시간을 따라
섬진강, 밤나무들이 열어 놓은 길 따라 고향으로 간다
가는 길목마다 추억의 등불 환하게 켜지고
아직 부모님 살아계시는 곳
일 년에 몇 번 손가락 접어 보지만
마음만 꿈길 따라 자주 갔었나 보다
그 길을 가다 보면 어릴 적 욕심 없는 마음 되살아나
까까머리 친구들 빛나는 보석, 바람이 불면
툭, 툭 알밤으로 내 마음 안으로 걸어 들어온다
메밀꽃처럼 조잘거리던 푸른 꿈, 시간 속으로 사라지고
이젠 모두 떠난 버린 초등학교 운동장엔 쑥부쟁이들만
초롱초롱한 눈망울로 추억의 키재기를 하고 있다
고향 떠나 뿌리내리지 못한 객지의 삶, 때론 서러웠지만
돌아보면 늘 우리 할머니의 푸근한 웃음소리 같은 곳
언제든 돌아갈 곳이 있는 내 마음의 튼튼한 뿌리
푸르게 시간을 거슬러 다시 초록 잎으로 깨어나
꽃 피고 열매 맺혀 늘 내 가슴속 맑고 밝은 등불로 켜지는
내 고향은

경남 하동군 옥종면 대곡리 한계마을.

외출

몸속 가득 핀 붉은 꽃들이

밖으로 계속 걸어 나오고 있다

내 삶 속을 채우고 있던 열기들이

그렇게 내 몸속에서 터져 나오고 있는 중이다

백 년의 반, 을 살아오면서 세상의 뜨거운 기록

내 몸속에만 가두어 놓고 살아왔나 보다

이젠 그 절반쯤에 서서 돌아보니

내가 걸어온 길이 어지럽게 얽혀 있다

지금이라도 더 늦지 않게

조금씩 내 무거운 짐, 열망들을 풀어 놓자

머릿속을 가득 채우고 있던

욕심들이 고삐 풀린 망아지처럼 뛰쳐나가고

갈증에 시달리던 시간들이 느슨하게 풀어져

내가 앞으로 가야 할 길들이 오롯이 보인다

때론 내 삶도 이렇게 가벼워져야 하는 것을

늘 그 길을 지나가 보아야만 깨닫는 시간

내 몸속에서 꽃피운 세상의 시간들이

다 걸어 나가고 나면 나도 새의 깃털처럼

가벼워져서 어디든 날아갈 수 있을 것 같다

이 가을에,

미안하다

어쩌다 한 번씩
내게로 오는 소식들이 옛집으로 배달되고는 한다
몇 번의 계절이 지나갔는데도
아직도 이사했다는 말들이 세상 속으로 덜 걸어 다녔나
보다
그러다 보니 더러는 몇 달이 지나서 내게로 오기도 한다
보낸 사람 따뜻한 마음 아랑곳없이 옛집 우편함 속에 갇혀
어쩌면 내 손길 기다리다 지쳤는지도 모른다
마감이 한참 지난 원고 청탁서나
맑은 물 위에 뜬 언어들이 가득한 시집을 뒤늦게 받고 보면
보낸 사람 마음을 무시한 것 같아 나 또한 무참함에 발이
저린다
미안하다고,
한 곳에 뿌리 내리지 못하고 떠나와서
또 삶에 묻혀 살다 보니 내가 살아온 곳 자주 돌아보지
못해
미안하다고, 미안하다고
가끔 뒤돌아보면 내가 살던 곳에는

아직도 뿌리내린 추억들이 남아 눈부신 초록 잎사귀를
흔들며 서 있다

매미소리

힘내세요, 힘내세요,

화장실 변기 위에 앉아 밖의 소리 듣는다

폭염의 한낮

다리를 펼 수 없는 좁은 무저갱에 갇혀

살아가는 동안 헤어 나오지 못할 것 같은

삶의 말씨들을 뱉어내는 시간

나는 또 하루를 반성 중이다

무료한 시간이 몸속을 맴돌아 나갈 때까지

매미소리 자꾸만 내 귓속으로 걸어들어오고

얼굴에서 흘러내린 땀방울 하나

내가 보던 책갈피 속 '무위無爲*'라는

글자 위에 툭, 내려앉는다

순간 몸속을 돌아 나온 글씨들이 꼬물꼬물

변기통 안을 휘젓고 나간다

* 시간적인 생멸변화生滅變化를 초월하는 상주常住 · 절대의 진실로, 열반涅槃의 이명異名으로도 사용된다.

집을 짓는 일

집을 짓는다

사람들마다 각각의 생각에다가

자기만의 색을 입혀서

골조를 세우고 하나하나씩

꿈으로 가득 채운 기둥을 세우고 있다

나도 덩달아 같은 집을 짓는다

붉은 벽돌 한 장 저당 잡혀 놓고

봄 햇살에 그어진 시간이 방이 된다

벚꽃 한 잎 날아와 부엌이 되고

배꽃 한 가지 고개 내밀고는 거실이 되고

복숭아 붉은 꽃은 서재로 걸어 들어와

 책 속에 숨어 있던 글자들을 밖으로 불러내 봄볕에 말리

는 중이다

봄, 미나리

햇살이 설핏 기운 저녁 무렵 대문을 여니 앞집 아저씨 검정 비닐봉지를 불쑥 내게 주셨다 얼떨결에 받아든 나는 아저씨 뒤꽁무니에 대고 인사를 했다 저녁노을 같은 고맙습니다가 황급히 아저씨를 따라 같이 걸어가고 있다 봉지 속에는 꽁꽁 언 얼음 물밑에서 겨울을 견딘 미나리 한 묶음이 연초록 눈빛으로 내가 풀어 놓은 봉지 속에서 식탁 위로 걸어 나온다 가지런히 누워 옆 눈을 가끔 힐끔거리며 삶의 뿌리는 땅속에 가두어 놓고 아저씨 손에서 딸려와 오늘 저녁 우리 집 식탁 위에 드러누워 있다 혁신도시가 내려다보이는 작은 언덕배기에 아저씨의 오랜 텃밭이 있다는 것을 작은 마당이 있는 집으로 이사 오면서 알았다 도시가 들어서기 전부터 농사를 짓고 살아온 삶의 터전인 산이 허물어지고 골짜기가 사라진 지 오래, 아저씨의 미나리 텃밭은 도시 속에서 곧 사라질지 모를 일이다 비 오는 날 가끔 막걸리에 취한 아저씨의 넋두리가 뽕짝처럼 전깃줄에 감겨서 윙윙거리기도 하고 월세 놓은 적 없는 하늘에 여기저기 도시의 불빛들이 가득 차면 아저씨의 뽕짝 같은 하소연은 늘어난 테이프처럼 폐기될 것이다 식탁 위 봄 미나리, 사람과 사람의

소통 같아서 아저씨가 두고 가신 마음 가득 웃음이 향긋
하다

새우젓 항아리

비릿한 바다가 고여 있다 여전히 내 속엔
그대 떠나고 몇 번의 계절이 소리 없이 지나갔지만
실타래 같은 길, 그대가 떠난 그 길에는
지금 소금꽃이 쑥부쟁이처럼 불쑥불쑥 피어나고
아직도 나는 멀미하듯 길옆에 덩그러니 앉아 있다
어스름을 딛고 밤이 이마를 들이미는 시간
조각달이 수줍게 나를 내려다본다
바닷속 떠돌던 깊은 사유思惟들이 곰삭아
만삭이 된 붉은 새우젓 항아리 속으로 달빛이 고인다
문득, 나는 내 어린 추억들도 곰삭아 저렇게 붉은빛을
채우고 있는지 새우젓 항아리 앉은 자리가 부럽다
늘 채우고만 싶은 항아리와 늘 비우고 싶은 내 마음이
어쩌면 저렇게 긴 그림자를 만들었는지 모른다
그대 떠나고 더욱 깊어진 내 마음속 물길들을
오늘은 저 항아리 속에 뛰어든 달빛에 가두고 싶다

후크선장과 피터 팬

남해 바다에서 건져왔다는 갈치 세 마리
이른 아침 대문 열고 들어온 친구 손에 들려져 왔다
늦은 밤 고속도로를 질주해온 냉동된 시간
은빛 반짝이던 눈, 게슴츠레 뜨고 나를 올려다본다
생의 궤적 같은 붉은 아가미 속으로 파고든 바늘
악어에게 먹힌 후크선장의 왼손이 되어 있다
살아서 유유히 푸른 물결 가르던 지느러미
아직도 유영하고 싶은지 하늘거리고
죽어서도 검은 흉계로 가득한 입속은
깊은 어둠 물고 와 내 손가락 속으로 파고든다
날카로운 통증, 붉은 피 매달린 손끝에서
바다의 깊은 사연들이 깨어나고 있다
집안 가득 은빛 비린내 풍기며
미처 반성하지 못한 내 삶 속으로 피터 팬이 날아들고
고삐 풀린 바다 사유하던 후크선장의 슬픈 애꾸눈이
시계 소리에 깨어나 집안 곳곳에 삶의 덫을 놓고 있다

국화꽃 밥

오소소한 한기가 돋는 날 마당 화단에 곱게 핀 국화 꽃잎을 딴다 올해 봄, 강원도 화천에서 따라온 꽃이다 작은 애 군대 보내놓고 처음 면회 가는 길은 참 멀고도 지루한 길이었다 새벽 텅 빈 고속도로를 달려 춘천에서 아침으로 허기진 배를 공지천 안개가 둥둥 떠다니는 해장국으로 채우고, 길 따라 강줄기들도 이어져 있던 춘천 102보충대를 지나서 산길을 돌고 돌아 마주치는 사람보다 군부대가 더 많은 곳, 화천에 도착했다 화천華川, 꽃의 도시가 아닌 물의 도시인 화천읍을 지나 시골보다도 더 시골스러운, 아직도 금성 골드스타 TV가 있는 군부대의 작은 면회실로 작은 애, 수줍은 얼굴이 뿌옇게 먼지처럼 걸어왔다 그렇게 작은 애의 손을 잡고 찾아간 강 옆 작고 아담한 펜션에서 만난 꽃, 솜털 보송보송한 잎이 막 깨어나기 시작한 봄이었다 가을에 꽃이 피면 생잎으로 꽃 비빔밥을 해 먹으라며 일본에서 수입한 국화꽃이라며 펜션 주인이 정겹게 차에 실어준 꽃, 화천 하면 제일 먼저 떠오르는 얼굴과 소박한 사람의 정이 가득 배여 있는 꽃, 그 꽃을 햇살이 오소소한 한기를 가두고 있는 날, 사람의 정이 새삼 그리운 날, 상큼하고 약간의 쌉쌀

한 그리고 은은한 사람의 정이 고어서 더욱 향기로운 꽃,

그 꽃을 따고 있다

폭우가 쏟아지는 새벽에

시아버지 제사를 지내고 올라오는 새벽길
폭우가 쏟아지는 고속도로 갓길에서 나는
차를 세우고 우두커니 창밖을 내다보고 있다
칠흑 같은 어두운 하늘 아래 간간이
차 헤드라이트 불빛들이 스쳐 지나가고 있다
문득 나는 부지불식간에 앞으로 나아가기도
뒤로 물러서지도 못하는
총알이 빗발치는 전쟁터 속 무간지옥에 빠져 있는 것 같다
출발 무렵 무심히 차창을 때리던 빗방울이
얼마 지나지 않아 한꺼번에 몰려나온 성난 소 떼, 우레로
변했다
묘혈墓穴에 빠진 것처럼, 희미한 불빛에 의지한 차들은
납작 엎드린 내 옆을 거북이 몇 마리처럼 둥둥 지나가고
내 초라한 삶의 언저리, 유유히 떠도는 생의 편린들
바다에서조차 밀려난 부표처럼 젖은 길 위에
드러누워 쏟아지는 폭우를 온몸으로 맞으며
하얗게 눈을 흘기고 있는 것을 나는 보고 있다

추억의 한마당

가을 하늘 아래 반백의 추억들이

모여들어 운동장이 시끌벅적하다

따뜻한 햇살이 깨금발로 내려와

덩달아 운동장에서 달리기를 하고 있다

여기저기 불쑥불쑥 반가운 안부에 어깨가 들썩이고

환한 얼굴에 웃음이 이팝꽃처럼 터진다

횟가루로 그어진 출발선에서 몸보다 마음이 앞서지만

바람에 펄럭이는 만국기가 응원의 박수를 보낸다

어릴 적 고사리손에서 터지던 보물 바구니

이어달리기하다가 놓친 바통이 멀리 달아나도

모두가 즐거운 날, 오빠, 언니, 누나, 동생 …

빛나는 유년의 추억이 가득한 운동장에서

모두 모두 모여 세월의 키 재기도 하고

남루한 삶, 하루쯤 잊고 살아도 좋은 날

맨발로 달리기해 보는 욕심 없는 가을잔치 한마당

쓰고 싶지 않은 자소서

눈 뜨면 쓰기 시작하는 하루의 자소서 칸에

나는 이렇게 쓴다

아직도 내 아들은 취준생이라고

늦은 밤 꺼지지 못하는 불 앞에서 청춘의 빛들이 더 붉게

시들어가고

햇살이 눈 부시다고 자꾸 그늘로 들어오는 쥐며느리

태어나 앞만 보고 걸어가는 게 길이라고

가르쳐준 부모라는 이름이 가슴 아픈 날

꾸역꾸역 늦은 아침을 먹는다

봄[春], 봄[見] 너머 새로운 블루홀을 향하여

신수진

(문학평론가)

1. 봄, 봄

조덕자는 시집 서문에서 자신의 시 쓰기를 "작은 씨앗 한 알"로 "푸른 싹"을 틔우는 일이라고 명명한다. 그가 손에 쥔 작은 씨앗 하나는 무한대의 가능성인 동시에 스스로 걸어 들어가 잠근 비좁은 감옥이다. 그는 미지와 동경의 존재 바깥에서 이름이나 지어볼 수밖에 없다.

시인은 지금 이곳에 살고 있으면서도 자꾸만 저 너머의 세

계를 추앙한다. 이 무모하고 아름다운 사랑의 탐구는 한 권의
시집으로 좁은 길을 내고는 '길, 묘연'이라는 제목을 붙여놓았
다. 그 추상적인 표지판은 그곳에 들어선 우리로 하여금 더욱
마음껏 길을 잃도록 안내한다.

> 언젠가 마음이 허허로운 날 그린 벽지 위 내 그림 속 붉은
> 연꽃이 소리 없이 발을 뻗어 거실 바닥으로 내려선다 그 발자
> 국에 내 삶이 푸르게 살아나고 덩달아 메말랐던 내 삶의 시계
> 속으로 맑은 물소리가 들린다 문득, 살아온 날보다 살아가야
> 할 날들이 더욱더 환하게 불 밝히는 봄날,
>
> ─「내 삶의 시계」 부분

세계의 비의와 언어의 불가능성 앞에 선 그는 오랫동안 그
래왔듯이 바라보고 또 바라보는 일을 게을리 하지 않는다. 그
가 보고 있는 것은 아무것도 보이지 않는 불모의 메마른 대지
다. 그러나 얼어붙은 겨울 한복판에서 초록 봄의 숨결을 감지
하는 시인은 그 기다림과 예비를 매 순간 시의 언어로 인화
한다.

그럴 때마다 까만 시간의 암실에서 현상되는 것은 견딜 수
없는 따사로움으로 기어코 새순을 피워 올리는 '봄'이고, 작지
만 위대한 '생명'이며, 살아가야 할 날들을 환하게 밝히는 '빛'
이다. 찰나의 시력으로 눈부시게 맞닥뜨렸던 환영 같은 깜박

임들은 서서히 그 형체를 필름에 새기면서 나타나기 시작한다.

> 붉은 벽돌 한 장 저당 잡혀 놓고
> 봄 햇살에 그어진 시간이 방이 된다
> 벚꽃 한 잎 날아와 부엌이 되고
> 배꽃 한 가지 고개 내밀고는 거실이 되고
> 복숭아 붉은 꽃은 서재로 걸어 들어와
> 책 속에 숨어 있던 글자들을 밖으로 불러내 봄볕에 말리는
> 중이다
>
> ─「집을 짓는 일」부분

조덕자의 시에서 봄은 만물이 통성기도를 올리듯 깨어나는 계절로서 자아가 출발선에 서는 자세를 보여준다. 그 태초의 봄에서 새로운 씨앗을 준비하는 한편 잠들었던 씨앗을 소망처럼 맞이할 수 있기 때문이다.

집을 짓는 일은 "생각에다가 자기만의 색을 입혀서" "꿈을 가득 채운 기둥을 세우"는 일이라고 비유하고 있는 이 시는 조덕자의 시적 지향을 압축적으로 보여주는 설계도다. 그가 생각에 고유한 채색을 하고 꿈을 구조화하는 이 시간은 다름 아닌 봄이다. 봄 햇살이 내리쬐는 시공간에서만이 그가 거주할 내면의 집은 건축되는 것이며, 정신의 눅눅한 습기들도 비로소 밖으로 불러내 봄볕에 말릴 수 있는 것이다.

살갗에 닿는 이 봄의 온도와 습기의 감촉이, 쏟아지는 빛의 세례가, 시상과 언어가 긴 겨울잠에서 깨어나는 듯한 활기가, 그의 시집 곳곳에서 분주하게 시의 집들을 짓느라 여념이 없다. 시가 움트는 조덕자의 회로는 봄, 봄을 경유하며 작동한다. 봄은 봄[春]이면서 봄[見]이다.

2. 청맹과니가 쓰는 참회의 시

조덕자의 시는 시각중심적 경향을 띤다. 외부의 풍경이 영감의 원천이 되어 내면을 확장시키기도 하고, 감정 이입을 통해 바깥 정경을 주관화함으로써 변용이 이루어지기도 한다. 무언가를 보는 것으로부터 시작하는 조덕자의 시작법에서 '보다'라는 행위는 감각적이고 현상적인 것에 머무르는 것이 아니라 본질적이고 실재적인 층위로 도약한다.

예컨대 '무저갱'과 '청맹과니'는 조덕자의 주요 어휘 가운데 일부인데, 이는 자신이 눈을 뜨고도 꿰뚫어보지 못하는 자이기 때문에 필연적으로 바닥이 없는 깊은 구덩이 속으로 침몰할 수밖에 없음을 은유한다.

살아오면서 미처 깨닫지 못한 여백이 생기면

갈 길 잃은 청맹과니 하나 내 속에서 걸어 나온다

햇살이 가득한 마당에 서서 벽돌 하나와 눈 마주치면

마치 내 속을 들킨 것처럼 부끄러워지는 나이

세상살이의 이치에 갇혀 앞만 보고 걷다 보니

텅 빈 달팽이 집 한 채 삶에 굽은 내 등 위에 매달려 있다

—「나이」 부분

　　예상치 못하고 불쑥 맞닥뜨리게 되는 삶의 공백들은 죽음의 부장품처럼 삶의 곳곳에서 출토되곤 한다. 그런 순간이면 화자는 자기 안에서 걸어 나오는 "청맹과니"를 본다. 그 청맹과니는 "갈 길 잃"었고, "속을 들킨 것처럼 부끄러워"하며, 굽은 등 위에 "텅 빈 달팽이 집 한 채"를 짊어지고 있다. "세상살이의 이치에 갇혀 앞만 보고 걷다보니" 이제는 "한 걸음 내디딜 때마다 두려워진다"고 고백하는 화자는 진짜 중요한 것은 눈에 보이지 않는 것이라는 오래된 진리를 새삼 깨닫게 한다.

　　청맹과니는 겉으로 보기에 이상이 없으나 앞을 보지 못하는 사람을 가리킨다. 조덕자에게 청맹과니는 자화상이다. 사리를 분별하지 못하고, 진실을 모르며, 깨달음을 놓쳤던 어리석은 자신을 참회하는 시가 조덕자 시의 가장 기본적인 메커니즘이다.

　　사람들 속에도 사람 같지 않은 사람들 숨어 살듯이 잔디 속에도 잔디도 아니면서 잔디 옷을 입은 녀석 몸 부비며 섞여 있다 때론 거짓이 더 진실 같은 세상에 살면서 밝은 눈 가지

지 못한 나 자신이 무참해지는 날, 잡초라고 단정 짓고 뽑던 부끄러운 손 내려다본다 그러자 초록은 동색이라고 땅 속에서 불쑥 손 하나 쑥 내밀어 세상은 물길 흐르는 대로 두라고 물소리 잔잔한 초록 잎사귀 하나 위로하듯 내게 건네준다

　　　　　　　　　　—「땅속에서 보내온 편지」 부분

아직 바람이 찬 마당에서 봄을 해바라기 하고 있는 '나'는 잔디 속에서 자신을 지켜보고 있는 눈을 발견한다. 이 반사적 시선은 외부 전경에 자신을 비춰보는 특유의 패턴을 잘 드러낸다. 잔디인줄 알고 정겹게 바라봤던 그것은 잔디가 아니었다. 화자는 착시를 통해 진짜와 가짜를 구별하지 못한 자신을 질책하고 부끄러워한다. 이처럼 소소한 일상을 통해 청맹과니로 살아온 미욱한 날들을 참회록 쓰듯 시로 옮기는 것이 시인의 주된 작업이다.

3. 내게 모스부호를 타전하는 숨은 존재들

조덕자의 시가 지닌 참회의 성격은 일상성의 체험으로부터 기인한다. 관념적이고 난해한 실험들이 주류를 이루는 시대에 그의 시는 고전적인 방식으로 직조되고 있다. 그것은 경험과 정서와 이상의 결합이다.

봄, 여름 내내 마당 울타리 수풀이 무성하더니

두 마리 새끼를 데리고 녀석이 나타났다

뜨거운 내 마음까지 얹어서 다시 밥그릇이 채워지고

            —「길, 묘연猫緣」 부분

 표제시인 「길, 묘연猫緣」은 세 편의 연작시다. 첫 번째 시에서 화자의 집 옥상 창고에 숨어든 길고양이 한 마리가 등장한다. 밥그릇 속의 사료가 줄어들던 겨울이 지나자 고양이가 사라졌다가 새끼 두 마리를 데리고 나타난다. 「길, 묘연」이라는 제목은 길고양이의 "길"과 고양이와의 인연이라는 뜻의 "묘연"이 중의적 의미로 쓰였다. 화자는 길 위에서 만난 고양이를 지나치지 않고 가족으로 받아들이는 데까지 나아간다.

 봄이면 모든 생명이 깨어나듯이 길 위의 생명들도

 봄이면 꽃처럼 피어서 몸을 열고 새 생명을 품는다는 것을

 뒤돌아보는 여유도 없이 살아온 내게 가르쳐주는 삼색 냥이

           —「길, 묘연猫緣 2」 부분

 두 번째 시의 에피소드 역시 어느 겨울 아침 화자가 임신한 어미고양이를 만나는 것으로 시작한다. 옥상을 보금자리로 내어주었음에도 불구하고 마주칠 때마다 화들짝 놀라 달아나곤 하는 경계 양태는 길고양이들이 사람으로 인해 겪었을 고

초를 짐작케 한다. 화자는 봄이면 길 위의 생명들도 새 생명을 품는다는 것을 고양이에게서 배운다.

골목길 쓰레기봉투 찢던 길냥이 네 마리 마당 식구로 불러
들여서 같이 살아보자고 이름을 부여했었다 어미인 에미와
일양이, 이양이, 삼양이… 계절이 바뀌자 적의의 눈빛이 사라
지고 경계의 발톱도 숨겼다 아침마다 출석 부르고 밥 먹고 골
골송도 들려주는 녀석들 마당이 가득 찼다
                                                     ―「길, 묘연猫緣 3」 부분

세 번째 시에서 화자는 골목길 쓰레기봉투를 뒤지는 길고
양이들을 마당으로 불러들여 보살핀다. 하지만 한마리가 차
에 치었다는 소문과 함께 돌아오지 못하자 돌연 마당이 텅 빈
것처럼 느껴진다.

조덕자에게 겨울에서 봄으로의 전회는 단지 계절적 바뀜이
아니라 생명의 탄생, 사랑과 책임으로서 관계맺음, 존재의 발
견과 명명, 가치와 관점의 변화, 시간과 노력을 통한 성장 등
총체적인 비약을 예고하는 전경화 장치다.

오 년 째 길 생활하는 어미 냥이 아기 냥들에게
담벼락 타는 삶을 훈련하는 중이다
겨울 끝 무렵 골목길을 비명으로 가득 채우더니

새 생명들이 잉태되고 봄의 물길을 따라 태어난

꼬물이들이 앞으로 걸어가야 하는 길 위의 삶,

지금 생의 무게를 배우는 첫 수업을 하고 있다

—「생의 무게」부분

　겨울의 뒷골목은 비명이 난무했던 죽음의 시공간이었는데 봄은 그 사이 태어난 새끼들의 생명연습으로 한창이다. 작은 발톱으로 안간힘을 다하는 첫 수업은 험준한 세상살이에 대한 적응 훈련인 것이다. 아기 고양이에게 온몸으로 육박해왔을 서늘한 담장과 척박한 길 위의 생존 양식. 그 위에서 이미 시작된 버둥거림은 삶의 비루함과 숭고함을 동시에 알게 한다.

　조덕자의 시에서 밤에서 아침으로 바뀌는 시간과 겨울에서 봄으로 바뀌는 계절은 시적 전환의 장면으로서 특별한 패러다임이 가동되는 때다. 우리와 함께 살아가고 있으나 너무 낮은 곳에서 너무 작은 목소리밖에 낼 수 없는 존재들이 타전하는 모스부호를 수신하고 해독하는 시간이기 때문이다.

4. "남루한 삶"을 껴안는 다윗의 포옹

　속악한 현실은 개별 인격체를 "하루하루 골리앗의 부품처럼 살"(「텃밭시계」)아가도록 강요하는 굴레다. 그래서 포스트모던 시대의 왜소한 개인은 주체성을 상실하는 무의미하고 가변적인 상태에 놓여있다. 가공할 사회 시스템은 거인처럼 견고하다. 거대하고 정교한 톱니바퀴처럼 작동되는 이 운동성은 난폭하게 군림하는 신처럼 결코 후퇴하지도 조율되지도 않는다. 그러한 현실인식은 "남루한" 것이라는 수식으로 환원된다. 곳곳에 등장하는 이 문제적 시어는 자아가 동결되어가는 고통을 고스란히 전해준다.

"남루한 삶"에 대한 언급은 반복적으로 등장한다. 이는 여러 뜻으로 활용되는데 크게 세 가지로 나누어볼 수 있다. 첫째는 고생길을 걸어온 생활인으로서의 숨 가쁜 일대기를 뜻한다. 시에서 이러한 의미로 쓰일 때는 육체적 질병이나 정신적 피로를 초래하며 그 세월을 회상하고 위로하는 측면이 부각된다.

　　엄마의 젊은 시간을 가슴에 품고 돌아오는 길

　　중풍으로 몸이 불구인 엄마보다 내 마음이 더 불구였다는
것을

　　햇살 아래 가만히 명주 실패 들여다보니

　　단아한 울 엄마 조각 비단 천에 장자의 나비를 수놓고 계
신다

　　　　　　　　　　　　　　　　　—「엄마의 빛나던 시간」부분

화자는 "엄마의 지문 같은 남루한 삶의 흔적"이 집안 곳곳

에 묻어 있는 옛집을 찾는다. 그곳의 낡고 부서진 살림살이들에 먼지가 흩날린다. 가난과 싸우느라 가족을 돌보느라 엄마의 삶은 초라했지만 화자는 "젊고 빛나던 길"이었던 그때의 엄마가 있었기에 지금 자신과 형제들이 있음을 안다. 엄마의 아픈 시간에서 사랑과 희생을 보는 화자에게 이제 그 병폐와 늙음은 조금도 추레하거나 거추장스럽지 않으며 도리어 찬란한 빛으로 화한다.

그래서 엄마의 집으로 가는 길은 "눈부신 햇살"이 내리쬐고, "하얀 쌀밥으로 지어진 조팝꽃 피"며, 오래된 서랍 속에는 "엄마의 시간이 감긴" 고운 명주 실패가 그대로 있다. "중풍으로 몸이 불구인 엄마보다 내 마음이 더 불구였다"는 것을 깨닫는 화자에게 엄마는 그래서 여전히 단아한 모습으로 기억되는 것이다.

바람을 가르며 달리던 길 붉은 신호등 앞에서 멈춘다
거친 숨소리 내뱉는 바퀴 소리 들으며
과속으로 달려오던 길 위에 버리고 온 남루한 삶
신호등 앞에서 숨 고르기 하면서 돌아보니
노랗게 질려 유리창에서 파르르 떨고 있다
바퀴 아래 봄날 아지랑이처럼 남은 흔적
내가 살아온 이력 같아서 얼굴이 붉어진다

　　　　　　　　　　　　　　　　—「신호등 앞에서」 부분

둘째는 세속적 의미에서 성공을 좇고 타자적 기준에 부합하기 위해 애썼던 것을 후회하는 뜻으로 쓰인다. "과속으로 달려오던 길 위에 버리고 온 남루한 삶"은 맹목적으로 달려온 자신의 행보에 대한 경계를 담고 있다. 빨간 신호등 때문에 멈추어보니 도로에 남은 어지러운 바퀴의 흔적이 자신이 살아온 모습 같아서 얼굴을 붉히게 된다. 멈추고 돌아보는 삶, 천천히 의미를 만들어가는 삶, 사유하고 실천하는 삶. 이것이 화자가 추구하는 속도와 방향일진대 초록불만 들어오면 경주마처럼 조급해지니 이를 반성하고 있는 것이다.

> 빛나는 유년의 추억이 가득한 운동장에서
> 모두 모두 모여 세월의 키 재기도 하고
> 남루한 삶, 하루쯤 잊고 살아도 좋은 날
> 맨발로 달리기해 보는 욕심 없는 가을잔치 한마당
>
> —「추억의 한마당」 부분

마지막으로 요행이나 거짓에 미혹되지 않고 소박하고 정직한 마음으로 살아온 태도의 반대급부를 의미한다. 이러한 성격으로 쓰일 때 시에서는 청빈하고 가치 있는 삶을 이루어낸 존재를 수긍하고 격려하며 존중하는 태도를 보인다. 이제는 반백이 된 친구들이 만국기가 펄럭이는 가을 운동장에 모여 달리기를 한다. "반가운 안부에 어깨가 들썩이고" "환한 얼굴에 웃음이 이팝꽃처럼 터진다". 이런 날은 "남루한 삶"을 "하루쯤 잊고 살아도 좋은 날"이다.

> 고향 떠나 뿌리내리지 못한 객지의 삶, 때론 서러웠지만
> 돌아보면 늘 우리 할머니의 푸근한 웃음소리 같은 곳
> 언제든 돌아갈 곳이 있는 내 마음의 튼튼한 뿌리
> —「내 고향은」부분

경남 하동군 옥종면 대곡리 한계마을. 화자에게 고향은 서러운 객지살이 와중에 가슴 속에 "추억의 등불"로 켜지는 곳이다. 그곳은 "부모님 살아계시는 곳", "어릴 적 욕심 없는 마음 되살아나"는 곳, 어린 시절 "까까머리 친구들"이 있는 곳, "메밀꽃처럼 조잘거리던 푸른 꿈"이 있는 곳이다.

고향은 자연의 순리가 지켜지는 곳이며 육신과 정신의 안식을 되찾게 해주는 성지다. 타향이 부정과 부자유의 타율성으로 점철된 공간이라면, 고향은 긍정과 자유의 자율성으로 회복되는 세계다. 두 세계의 공존을 상기시키는 것은 옛집이며, 어머니다.

5. "새로운 블루홀"을 향하여

이토록 남루한 삶 속에서 조덕자가 봄을 기다리며 심은 씨

앗들은 순리와 안식으로서 '고향', 순수했던 '어린 시절', 자아
찾기를 위한 '시 쓰기'다. 그는 늦은 밤까지 자기소개서를 쓰
고 있는 취업준비생 아들을 보면서 "태어나 앞만 보고 걸어가
는 게 길이라고"(「쓰고 싶지 않은 자소서」) 가르쳐야 하는 부모
가 된 것이 가슴 아프다.

　　그동안 세상 안과 밖 소통에 눈멀고 귀 닫았던 나는
　　마음을 묶고 있던 질긴 끈 하나를 풀어 겨울 바다에 놓아
보낸다
　　그리고 젊은 날의 오만, 잠그고만 살았던 골방 빗장을 풀어
내니
　　희망의 작은 씨앗 하나 내 마음에서 뛰어나와 푸르게 싹을
틔운다
　　문득, 사유의 바다 나는 새로운 블루홀 속으로 들어가고 싶
어진다
　　　　　　　　　　　　—「상처 혹은 깊은 블루홀」 부분

　푸른색의 이미지는 고등어를 굽는 저녁을 묘사하는 시 「죽
음의 향기」에서도 "푸른 바다를 힘차게 다녔을 그 기운", "푸
른 생의 냄새"로 형상화된다. 조덕자의 사전에서 푸른색의 계
열은 본연의 생명력, 생의 황홀함, 희망의 발현 등 언제나 고
무적인 의미의 축을 형성한다.

화자는 바다에 와서야 이기심, 상처, 오해, 피로들이 누적된 부끄러운 생의 이력을 되돌아보며 질기게 엉켜있던 그 끈을 풀어 멀리 떠나보낸다. 그러자 비워진 마음 안에서 "희망의 작은 씨앗 하나" 오롯이 푸른 싹을 틔운다. 혹한의 겨울을 견뎌낸 씨앗만이 봄날의 새싹으로 재생할 수 있는 것처럼 시인은 이제 새로운 블루홀을 향해갈 준비를 마쳤다.

깊은 밤 길고양이 우는 소리에도 "아이 낳은 여자처럼 젖몸살을 앓는" 시인의 섬세한 촉수는 그렇게 세상의 덫을 뛰어넘어 "푸른 바다" "푸른 사유"(「그물, 그리고 안과 밖」)까지 확장되어갈 것이다. 시를 쓴다는 것은 모든 이유에도 불구하고 날마다 자기를 계몽하고 갱신하기 위함이기 때문이다. ▨

| 조덕자 |

경남 하동에서 태어났다. 1997년 『심상』으로 등단했다. 시집으로 『가구의 꿈』, 『지중해 블루 같은』이 있다. 제1회 울산작가상을 수상했으며, 한국작가회의, 울산작가회의, 심상시인회 회원으로 활동 중이다.

이메일 : zo513@naver.com

길, 묘연 ⓒ 조덕자

초판 인쇄 · 2020년 10월 12일
초판 발행 · 2020년 10월 15일

지은이 · 조덕자
펴낸이 · 이선희
펴낸곳 · 한국문연

서울 서대문구 증가로 31길 39, 202호
출판등록 1988년 3월 3일 제3-188호
대표전화 302-2717 | 팩스 · 6442-6053
디지털 현대시 www.koreapoem.co.kr
이메일 koreapoem@hanmail.net

ISBN 978-89-6104-271-0 03810

값 10,000원

* 잘못된 책은 바꾸어 드립니다.

* 본 사업은 울산문화재단 2020년 책 발간 지원 사업 일환으로 개최되었습니다.

이 도서의 국립중앙도서관 출판시도서목록(CIP)은 서지정보유통지원시스템 홈페이지(http://seoji.nl.go.kr)와 국가자료공동목록시스템(http://www.nl.go.kr/kolisnet)에서 이용하실 수 있습니다.
(CIP제어번호: CIP2020042591)